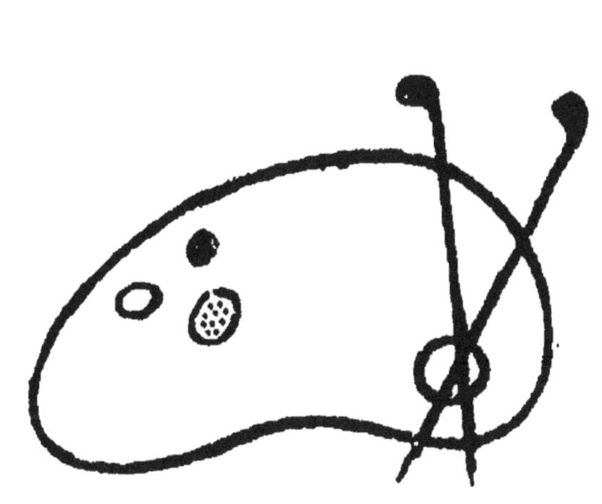

Début d'une série de documents
en couleur

COUVERTURES SUPERIEURE ET INFERIEURE D'IMPRIMEUR

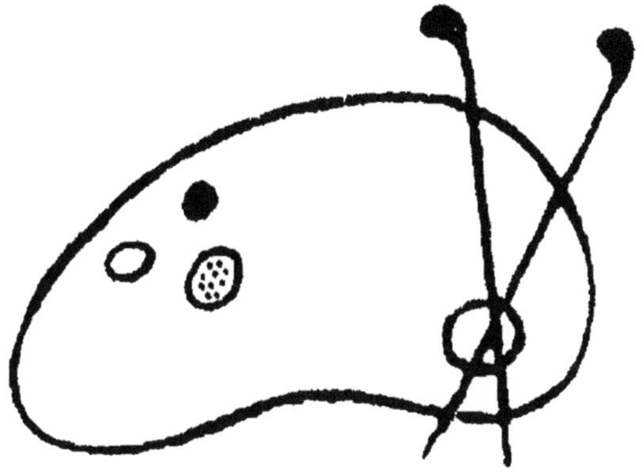

Fin d'une série de documents
en couleur

L'HÉRITAGE DU MORE

DOUZIÈME SÉRIE. — Format in-12.

POITIERS. — TYP. OUDIN ET Cie.

Devant le coffre se trouvaient plusieurs cruches remplies d'or.

NOUVELLE BIBLIOTHÈQUE ILLUSTRÉE DE VULGARISATION

WASHINGTON IRVING

L'HÉRITAGE
DU MORE

Illustrations de Gil Baer

PARIS
LECÈNE, OUDIN ET Cie, ÉDITEURS
15, RUE DE CLUNY, 15
1895

L'HÉRITAGE DU MORE [1]

A l'intérieur de la forteresse de l'Alhambra, en face du palais royal, à Grenade, se trouve une vaste esplanade ouverte appelée la Place des Citernes (la *Plaza de los Algibes*), nom qu'elle doit aux réservoirs d'eau établis sous terre, cachés à la vue, et existant en cet endroit depuis l'époque des Mores. Dans un coin de cette esplanade se voit un puits moresque creusé

(1) Ce joli conte est dû à Washington Irving, le célèbre auteur américain, né à New-York en 1783 et mort en 1859.

dans le roc à vif, et dont l'eau est aussi froide que la glace et aussi transparente que le cristal. Les puits faits par les Mores sont encore aujourd'hui en renom, car on n'ignore point les peines que l'on se donnait alors pour arriver jusqu'aux sources les plus pures et les plus douces. L'un de ces puits, celui dont il est question ici, est fameux dans tout Grenade. On y voit les porteurs d'eau, les uns tenant en équilibre de grandes cruches sur leurs épaules, les autres poussant devant eux des ânes chargés de vaisseaux en terre, monter et descendre, de l'aube à la nuit noire, les pentes des avenues boisées de l'Alhambra.

Les fontaines et les puits, dès les temps éloignés dont parle l'Ecriture, ont toujours été, sous les climats chauds, des lieux de rendez-vous préférés où l'on se livre volontiers aux commérages. Autour du puits dont il est question dans ce récit, il y a eu, de temps immémorial, une sorte de club perpétuel composé des invalides, des vieilles femmes, et d'autres badauds, et badaudes, formant la population désœuvrée de la forteresse, qui y prennent place sur des bancs de pierre, sous un auvent recouvrant le puits pour servir d'abri contre le soleil au collecteur du péage. Les conversations et les cancans y vont bon train. On n'y laisse approcher aucun porteur d'eau sans l'interroger sur les nouvelles de la ville et sans faire de longs commentaires sur tout ce qu'il a et vu entendu dire. Il ne se passe pas une heure de la journée que des commères en humeur de flânerie, des servantes sans besogne ne viennent y baguenauder, la cruche sur la tête, pour entendre l'incessant babil de ces maîtres bavards.

Parmi les porteurs d'eau qui venaient autrefois s'approvisionner à ce puits, il y avait un petit bonhomme aux épaules trapues, au dos solide, aux jambes arquées, que l'on appelait Pedro Gil, et par abréviation Pérégil. Comme tous ceux qui exerçaient le même métier que lui à Grenade, il était Gallégo, c'est-à-dire natif de Galicie. La nature semble avoir formé des races d'hommes, comme elle a créé des races d'animaux tout exprès pour les professions qu'ils ont à remplir. C'est ainsi qu'en France tous les cordonniers sont Savoyards, tous les portiers d'hôtel Suisses, et qu'au temps où les vertugadins et les coiffures poudrées étaient de mode en Angleterre, il n'y avait qu'un Irlandais coureur de marais pour imprimer le balancement à la chaise à porteur. De même en Espagne, les porteurs d'eau et les portefaix en général sont tous petits, trapus et originaires de Galicie. Aussi ne dit-on point : « Faites venir un homme de peine » ; mais : « Appelez un Gallégo. »

Pour en revenir à mes moutons, Pérégil le Gallégo avait débuté avec une grande cruche de terre qu'il portait tout bonnement sur l'épaule ; par degrés sa situation s'était agrandie dans le monde, et il s'était trouvé en mesure de s'acheter un auxiliaire appartenant à une classe correspondante d'êtres animés, en d'autres termes, un gros âne tout velu. De chaque côté de son aide de camp aux longues oreilles, dans une espèce de panier, étaient suspendues ses cruches d'eau recouvertes de feuilles de vigne pour les protéger contre le soleil.

Il n'y avait pas dans tout Grenade de porteur d'eau plus industrieux et plus joyeux que Pérégil. Les rues résonnaient de ses gais accents lorsqu'il trottinait derrière son aliboron, en chantant de cette voix qu'on peut appeler ensoleillée et qui s'entend dans toutes les villes espagnoles : *Quien quiere agua, agua mâs fria que la nieve ?* « Qui veut de l'eau, de l'eau plus froide que la neige ? » Qui veut de l'eau du puits de l'Alhambra froid comme la glace et limpide comme le cristal ? Quand il servait à un client un verre de son liquide pétillant, c'était toujours avec un mot plaisant qui provoquait un sourire ; et lorsque par hasard il avait affaire à une belle dame ou à une jeune demoiselle dont la joue ou le menton avait une gracieuse fossette, il ne manquait pas de lui adresser un compliment plein de galanterie sur sa beauté.

Aussi Pérégil le Gallégo était-il cité dans tout Grenade pour le plus poli, le plus aimable, le plus gai et le plus heureux des mortels. Pourtant ce n'est pas toujours celui qui chante le plus haut et qui raille le plus qui a le cœur le plus léger. Sous toute cette apparence de jovialité, le brave Pérégil avait ses soucis et ses peines. Il avait à entretenir une grande famille d'enfants en haillons, affamés et bruyants comme une nichée de jeunes hirondelles, qui l'accablaient de leurs demandes de pain chaque fois qu'il rentrait le soir de ses corvées du jour. Il avait, à vrai dire, une compagne, mais elle ne lui était d'aucune aide. Elle était jadis une reine de beauté dans son village, et tout son village vantait son habileté à danser le boléro et à faire sonner les castagnettes ; elle avait, depuis son mariage, gardé ses penchants d'autrefois, dépensant en toilettes toute la recette amassée à force de labeur par le bon Pérégil, et mettant à contribution jusqu'au baudet même pour faire des parties de plaisir les dimanches et les jours de fête, et ces innombrables jours de repos qui, en Espagne, sont presque plus nombreux que ceux de la semaine. Avec tout cela elle était musarde, plus souvent couchée que debout et jacassant comme pas une pie ; bref, négligeant sa maison, sa famille, délaissant pour rôder en trainant la semelle chez les commères, ses voisines.

Fort heureusement, celui qui mesure le

vent à brebis tondue sait accommoder le joug du mariage au cou qui doit le porter. Pérégil endurait le gaspillage de sa femme et les cris de ses enfants avec autant de résignation que son âne en mettait à transporter les cruches d'eau ; et quoiqu'il lui arrivât quelquefois de hocher la tête lorsqu'il était seul, jamais il ne se serait risqué à mettre en doute les vertus ménagères de sa souillon de moitié.

Il aimait ses enfants comme le hibou chérit ses petits, et il était fier de voir en eux se multiplier et se perpétuer sa propre image, car ils étaient tous trapus, solides et bancroches comme lui. Son plus grand plaisir, quand il avait un peu de répit et une poignée de maravédis à dépenser, était d'emmener toute la bande, les uns dans ses bras, les autres accrochés à ses habits, les plus grands trottant derrière ses talons, et de leur laisser prendre leurs ébats et faire leurs cabrioles dans les vergers de la Véga, pendant que sa femme dansait avec ses amies dans les Augusturas du Darro.

C'était par une belle soirée d'été, à une heure déjà avancée. La plupart des portefaix et porteurs d'eau avaient achevé leur rude besogne de la journée. Il avait fait excessivement chaud. La nuit était délicieuse, une de ces nuits qu'éclaire la lune et qui invitent les habitants de ces climats méridionaux à s'indemniser de la chaleur et de l'inaction forcée de la journée, en se promenant en plein air et en jouissant de la fraicheur de la température le plus longtemps possible. Les acheteurs d'eau étaient encore dehors. Péregil, en bon petit père peinant à la tâche, songeait à ses enfants affamés.

— Encore un voyage au puits, se disait-il, pour pouvoir acheter un puchero du dimanche à mes plus petits.

Tout en parlant, il trottinait vaillamment dans l'avenue de l'Alhambra, chantonnant comme il en avait l'habitude, et de temps à autre administrant un bon coup de bâton au baudet, autant pour battre la mesure sur le dos de la pauvre bête que pour la régaler ; car les rations de coups tiennent lieu en Espagne de rations d'herbe pour les bêtes de charge.

Arrivé au puits, Pérégil le trouva désert. Il n'y vit qu'un étranger en costume moresque, assis seul au clair de lune sur le banc de pierre. Pérégil fit d'abord une pause et considéra l'inconnu avec un air de surprise, mêlée de crainte ; mais le More lui fit signe faiblement d'approcher.

— Je suis las et malade, dit-il, aide-moi à regagner la ville et je te paierai le double de ce que tu gagnerais à remplir tes cruches d'eau.

Le bon cœur du petit porteur d'eau fut touché de compassion à cet appel de l'étranger.

— Dieu me garde, dit-il, de demander un pourboire ou un salaire pour un simple acte d'humanité.

Il aida donc le More à s'asseoir sur son âne et partit lentement pour Grenade, car le pauvre musulman était si faible qu'il dut le tenir des deux mains pour l'empêcher de tomber.

Lorsqu'ils atteignirent la ville, le por-

Perégil ramena le More à Grenade.

teur d'eau lui demanda où il devait le conduire.

— Hélas ! dit le More d'une voix expirante, je n'ai ni feu ni lieu, je suis étranger ici. Laisse-moi passer la nuit sous ton toit, et tu seras largement récompensé.

Le bon Pérégil se voyait donc d'une manière tout inattendue cet infidèle sur les bras ; mais il était trop humain pour refuser l'hospitalité à un de ses semblables dans un cas aussi désespéré : il mena le More chez lui. Les enfants, qui accouraient, suivant leur habitude, la bouche ouverte en entendant le pas de l'âne, rentrèrent dans la maison avec effarement quand ils virent l'étranger coiffé d'un turban et allèrent se cacher derrière les jupons de leur mère. Celle-ci s'avança hardiment, comme une poule alarmée s'élance devant ses poussins à l'approche d'un chien errant.

— Qu'est-ce à dire ? Un mécréant ? Un païen ? s'écria-t-elle. Est-ce là tout ce que tu nous amènes à cette heure indue, pour appeler sur nous les regards de l'Inquisition ?

— Un peu de calme, ma femme, repartit le Gallégo. Voici un étranger malade, sans amis, sans asile. Aurais-tu le courage de le repousser pour le faire succomber dans la rue ?

La femme allait maugréer de plus belle, car, bien que son gîte ressemblât à une tanière, elle n'en tenait pas moins à « la réputation de sa maison » ; mais, cette fois, le petit porteur d'eau voulut en faire à sa tête et se refusa positivement à se courber sous le joug. Il aida le pauvre musulman à mettre pied à terre, et étendit une natte et une peau de mouton pour lui sur le sol à l'endroit le plus frais de la maison, car il n'avait dans sa pauvreté pas d'autre lit à lui offrir.

Quelques instants après, le More fut saisi de violentes convulsions qui défièrent toute la science médicale du Gallégo. Les yeux du malade exprimaient sa bonté. Dans un moment de calme, il l'appela près de lui et lui parlant à voix basse :

— Je sens, dit-il, que ma fin approche. Si je meurs, je te lègue cette boite en récompense de ta charité.

En disant ces paroles, il ouvrit son burnous et fit voir une petite boite en bois de santal qu'il avait attachée à sa ceinture.

— Dieu veuille, mon ami, répondit le brave petit Gallégo, que vous puissiez vivre encore de longues années pour jouir vous-même de votre trésor, quel qu'il soit !

Le More secoua la tête ; il mit la main sur la boite et voulut entrer dans quelques explications ; mais il fut saisi de nouvelles convulsions plus violentes, et au bout de peu de temps il expira.

La femme du porteur d'eau était comme une folle.

— Voilà ce que tu gagnes, dit-elle, avec ta manie de te mettre dans l'embarras pour obliger les autres. Qu allons-nous devenir si l'on trouve ce cadavre chez nous ? Nous serons mis en prison et traités de meurtriers ; et si nous en réchappons, les alguazils et les hommes de loi nous ruineront.

Le pauvre Pérégil n'était pas moins perplexe, et il se repentait presque d'avoir fait une bonne action. A la fin il lui vint une idée.

— Il ne fait pas encore jour, dit-il, je vais porter le corps du More hors de la ville et l'enterrer dans le sable au bord du Xénil. Personne n'a vu cet étranger entrer chez nous et personne ne saura rien de sa mort.

Aussitôt dit, aussitôt fait. La femme lui vint en aide. Ils roulèrent le corps du pauvre musulman dans la natte sur laquelle il venait d'expirer, le couchèrent en travers sur le baudet, et Pérégil se mit en route pour la rivière.

Par malheur pour lui, le porteur d'eau avait pour voisin d'en face un barbier nommé Pédrillo Perdrugo, qui était bien le plus indiscret, le plus bavard et le plus méchamment malicieux de toute la tribu des faiseurs de cancans. Il avait la mine d'un blaireau, des jambes d'araignée, l'allure insinuante. Le fameux barbier de Séville n'aurait pu l'égaler dans son penchant à se mêler des affaires d'autrui, et ce qu'il savait, il ne le gardait pas plus qu'un crible. On disait qu'il ne dormait que d'un œil et ne se couvrait qu'une oreille, de manière à pouvoir, même pendant son sommeil, voir et entendre tout ce qui se passait. Ce qu'il y avait de sûr, c'est qu'il était une espèce de chronique vivante pour les questionneurs de Grenade, et qu'il avait plus de clients que tout le reste de la confrérie.

Or, ce barbier mêle-tout avait entendu Pérégil arriver chez lui la nuit à une heure inaccoutumée ; et les exclamations de la femme du Gallégo et de ses enfants avaient éveillé sa curiosité. Une minute après, sa tête passait par la lucarne qui lui servait d'observatoire, et il vit son voisin aider un homme vêtu du costume moresque à entrer chez lui. Cet événement était si extraordinaire que Pédrillo Perdrugo n'en dormit pas de toute la nuit. Toutes les cinq minutes il apparaissait à son poste, surveillant les lumières qui filtraient à travers les fentes de la porte de son voisin : avant le jour il aperçut Péregil sortant mystérieusement de chez lui avec son âne portant une charge inusitée.

Le barbier inquisiteur avait la fièvre ; il endossa prestement ses habits et, se glissant silencieusement hors de sa maison, il suivit prudemment à distance le porteur d'eau jusqu'à ce qu'il le vit creuser un trou dans le sable au bord du Xénil et y enfouir quelque chose qui avait tout l'air d'un cadavre.

Le barbier se hâta de rentrer, et ne fit que tourner dans sa boutique, mettant tout sens dessus dessous jusqu'au lever du soleil. Alors il prit son plat à barbe sous le bras et gagna à pas précipités la demeure de son client quotidien l'alcade.

L'alcade venait de se lever. Pédrillo Perdrugo attendit qu'il se fût assis dans un fauteuil, lui attacha la serviette au cou, lui passa le plat à barbe sous le menton et commença à lui adoucir les poils avec les doigts et sa savonnette.

— Etranges aventures ! dit Perdrugo qui cumulait les rôles de raseur et de nouvelliste. Etranges aventures ! vol, assassinat, inhumation clandestine, le tout en une nuit !

— Hein ! quoi ! qu'est-ce que vous dites ? cria l'alcade.

— Je dis, répliqua le barbier en frottant

la boule de savon sur le nez et la bouche du personnage — car le barbier espagnol dédaigne l'emploi du blaireau — je dis que Pérégil le Gallégo a volé et assassiné un More musulman et l'a enterré cette nuit. *Maldita sea la noche.*

— Mais d'où savez-vous cela ? demanda l'alcade.

— Un peu de patience, senor, et vous saurez tout, répondit Pédrillo en lui pinçant le nez tandis qu'il promenait un rasoir sur sa joue.

Il raconta alors tout ce qu'il avait vu, en poursuivant ses deux besognes simultanément, c'est-à-dire en rasant, lavant et essuyant avec une serviette sèche le menton de son client, pendant qu'il expliquait comment le musulman avait été volé, assassiné, enterré.

Or, il se faisait que cet alcade était le grippe-sou le plus envieux et le plus ladre de tout Grenade. On ne pouvait nier, à vrai dire, qu'il ne fît grand cas de la justice, puisqu'il la vendait au poids de l'or. Il se dit tout de suite que s'il s'agissait, dans l'espèce, d'un vol suivi de meurtre, il devait y avoir une riche dépouille en jeu ; le tout était de savoir comment elle passerait aux mains de la loi, car il importait de mettre d'une part le grappin sur le coupable et de fournir du gibier à la potence, puis d'autre part de se saisir du butin et d'enrichir le juge, ce qui, dans l'opinion de l'alcade, était le but suprême de la justice. Pour donner suite à cette pensée, il manda en sa présence son plus fidèle alguazil, un grand efflanqué de limier famélique, vêtu, suivant l'usage, de l'ancien costume espagnol :

Inutile de nier ton crime; je sais tout.

chapeau de castor à larges bords relevés, fraise prétentieuse, petite cape noire s'accrochant aux épaules, justaucorps et haut-de-chausse couleur de rouille, faisant ressortir sa charpente mince et osseuse. L'homme avait dans la maison une baguette blanche, insigne redoutable de son emploi. Tel était le chien de chasse, remarquable pour la finesse de son flair, que l'alcade lança sur la piste du pauvre porteur d'eau, et telle fut la promptitude du sbire à exécuter les ordres de son maitre qu'avant même que l'infortuné Pérégil fût revenu chez lui, il fut appréhendé au corps et trainé avec son âne devant le magistrat.

L'alcade laissa peser sur lui son regard le plus terrible.

— Ecoute, bandit ! cria-t-il d'une voix

qui fit tressaillir le petit Gallégo en entrechoquant ses genoux, écoute, bandit ! inutile de nier ton crime : je sais tout. Le forfait que tu as commis mérite la potence; mais je suis miséricordieux et prêt à entendre ta défense. L'homme que tu as assassiné chez toi était un More, un infidèle, un ennemi de notre foi. C'est sans doute par excès de zèle religieux que tu l'as massacré. Je serai donc indulgent : restitue le bien que tu lui as pris, et nous passerons l'éponge sur l'affaire.

Le pauvre porteur d'eau invoqua tous les saints pour attester son innocence ; mais, hélas ! aucun d'eux ne comparut, et quand même ils auraient fait acte de présence, l'alcade était homme à récuser tout le calendrier. Le porteur d'eau raconta toute l'histoire du More mourant avec la naïve franchise de la vérité ; mais il se disculpa vainement.

— Oses-tu soutenir, demanda le juge, que ce musulman n'avait ni or, ni bijoux, et que ce n'était point là l'objet de ta cupidité ?

— Sur mon salut, répliqua le porteur d'eau, il n'avait que cette petite boite en bois de santal qu'il m'a léguée pour prix de mes services.

— Une boite de santal ! une boîte de santal ! s'exclama l'alcade, les yeux pétillants à l'idée de joyaux précieux. Et où est-elle cette boite ? Où l'as-tu cachée ?

— S'il plait à votre seigneurie de la faire prendre, répondit le porteur d'eau en tremblant, elle est dans l'un des bâts de mon âne, et je vous l'offre volontiers.

A peine avait-il achevé ces paroles, que le vigilant alguazil s'éclipsa pour reparaitre l'instant d'après avec la mystérieuse boite de bois de santal. L'alcade l'ouvrit avec impatience d'une main tressaillante. Tous trois se penchèrent pour admirer le trésor qu'elle devait recéler ; mais, à leur grand désappointement, ils ne virent qu'un petit rouleau de parchemin couvert de caractères arabes, et un bout de chandelle.

Quand il n'y a rien à gagner à la condamnation d'un inculpé, la justice, même en Espagne, incline à se montrer impartiale. L'alcade, remis de son dépit en trouvant que l'affaire ne lui laissait, en fin de compte, pas de profit, écouta cette fois avec calme les explications du porteur d'eau, corroborées par le témoignage de sa femme... Convaincu de son innocence, il le renvoya des fins de la poursuite et poussa même la bienveillance jusqu'à lui laisser emporter l'héritage du More, la boite en bois de santal, et tout ce qu'elle contenait, disant que c'était la légitime récompense de son humanité ; mais il garda l'âne pour solde des frais et dépens.

Voilà donc le malheureux petit Gallégo réduit une fois de plus à porter lui-même son eau et à grimper sur la pente raide qui conduit au puits de l'Alhambra avec une grande cruche en terre sur l'épaule.

Tandis qu'il gravissait la colline en ruisselant de sueur sous le soleil accablant de midi, il s'écriait, n'ayant plus rien cette fois de sa bonne humeur accoutumée :

— Chien d'alcade ! Voler ainsi un pauvre homme comme moi, lui dérober ses moyens d'existence et le meilleur ami qu'il eût au monde !

A ce souvenir du fidèle compagnon de

ses travaux, toute la tendresse de son bon naturel se réveillait.

— Ah ! baudet de mon cœur ! s'exclama-t-il en déposant son fardeau sur une borne, tandis qu'il essuyait la sueur de son front; ah ! baudet de mon cœur ! Je suis sûr que tu penses à ton vieux maitre ! Je suis sûr que tu regrettes les cruches, pauvre bête !

Pour comble d'affliction, sa femme le reçut, au retour, avec des jérémiades et des rebuffades. Elle était bien sûre de ce qui arriverait, elle l'avait averti de ne pas céder à ces beaux élans généreux d'hospitalité qui avaient attiré sur lui tous ces malheurs ; et, en femme qui s'y entend, elle profita de l'occasion pour faire valoir sa supériorité de tact et d'intelligence. Quand les enfants manquaient de pain ou avaient besoin d'un vêtement neuf, elle leur répondait en ricanant :

— Allez donc trouver votre père ; il est l'héritier du roi de l'Alhambra ; dites-lui d'ouvrir sa fameuse boite du More.

Jamais mortel ne fut plus cruellement puni d'avoir fait une bonne action. Le pauvre Pérégil était froissé dans l'âme ; mais il n'en continuait pas moins à supporter sans murmure les railleries de sa moitié. A la fin cependant, un soir, après une chaude journée de labeur, elle le taquina d'une manière si inusitée qu'il n'y tint plus. Il ne se hasarda point à lui riposter, mais son œil se fixa sur la boite de bois de santal qui reposait sur une tablette, le couvercle soulevé comme si elle faisait la grimace à ceux qui l'oubliaient là. Il la saisit et la jeta violemment sur le carreau :

Le lendemain il demande à un More de Tanger de lui expliquer le contenu du rouleau.

— Maudit soit le jour, s'écria-t-il, où j'ai jeté un regard sur toi et où j'ai abrité ici ton maître !

La boite s'ouvrit tout à fait en tombant, et le parchemin roula à terre. Pérégil le considéra quelque temps en silence. A la fin, rassemblant ses idées :

— Qui sait ? pensa-t-il, peut-être cet écrit a-t-il quelque importance, puisque le More semble l'avoir gardé avec tant de soin ?

Il le ramassa donc et le cacha sous son vêtement.

Le lendemain matin, en vendant de l'eau dans les rues, il s'arrêta à la porte d'un More, natif de Tanger, qui vendait de la bijouterie et de la parfumerie dans le Zacatin, et lui demanda de lui expliquer le contenu de son rouleau.

Le More lut attentivement le parchemin, puis caressa sa barbe et sourit.

— Ce manuscrit, dit-il, est une formule d'incantation pour retrouver un trésor caché, qui est sous le pouvoir d'un enchanteur. Cette formule a, prétend-on, une vertu telle que les serrures et les verrous les plus solides ne pourraient lui résister.

— Bah ! s'écria le petit Gallégo, à quoi cela peut-il me servir ? Je ne suis pas magicien, et je n'entends rien aux trésors cachés.

En disant ces paroles, il hissa sa cruche sur son épaule, laissa le rouleau dans les mains du More et poursuivit sa route accoutumée.

Mais le même soir, comme il se reposait au crépuscule près du puits de l'Alhambra, il trouva un grand nombre de commères assemblées en cet endroit. Leurs conversations, comme d'ordinaire, à cette heure où les ombres commencent à envahir la nature, roulaient sur les vieilles légendes, les traditions du temps jadis et les faits surnaturels. Comme ils étaient tous, tant qu'ils étaient là, aussi pauvres que des rats d'église, ils prenaient un plaisir tout particulier à ressasser les histoires populaires des trésors enchantés abandonnés par les Mores en divers endroits de l'Alhambra. Tous s'accordaient d'ailleurs à croire qu'il y avait de grandes richesses enfouies sous la tour des sept étages.

Ces récits firent une impression extraordinaire sur l'esprit de Pérégil et le plongèrent dans de profondes méditations, où il s'abîmait encore quand il s'en alla seul en descendant l'avenue déjà ténébreuse.

— S'il était vrai pourtant, dit-il, qu'il y eût un trésor dans cette tour, et si le rouleau que j'ai laissé au More pouvait me mettre en possession de quelque richesse !...

Cette pensée le transportait tellement qu'il faillit laisser tomber sa cruche.

Cette nuit-là, il remua et rumina tout le temps, et put à peine fermer l'œil, tant les idées se pressaient en foule dans son cerveau et l'obsédaient.

De bonne heure, il courut à la boutique du More et lui dit ce qu'il avait roulé dans son esprit.

— Vous savez lire l'arabe, dit-il ; si nous allions tous deux à la tour essayer l'effet du charme, qu'en pensez-vous ? Supposez que notre expérience échoue, nous ne nous en trouverons pas plus mal ; mais si nous réussissons, nous partagerons ensemble le trésor que nous aurons découvert.

— Un moment, répliqua le musulman : cet écrit ne suffit point par lui-même pour opérer l'incantation. Il faut qu'on le lise à minuit, à la lumière d'une chandelle composée et préparée avec de singuliers ingrédients que je ne pourrais me procurer. Sans la chandelle, le rouleau ne nous sert à rien.

— Paix ! s'écria le petit Gallégo. J'ai la chandelle dont tu parles. Attends-moi là, je la rapporte en un clin d'œil.

Tout en parlant, il courut chez lui et revint bientôt avec le bout de chandelle de cire jaune qu'il avait trouvée dans la boite de santal.

Le More tâta la chandelle et la flaira.

— Nous avons ici un composé de parfums rares et précieux, dit-il, et de cire jaune. C'est bien le genre de chandelle spécifié dans le rouleau. Tant qu'elle brûle, les murailles les plus épaisses, les cavernes les plus secrètes s'ouvrent d'elles-mêmes. Mais malheur à celui qui s'attarde jusqu'à ce qu'elle soit éteinte : il restera enfermé à jamais avec le trésor.

Il fut donc convenu entre eux qu'ils essaieraient le pouvoir du charme la nuit suivante. A une heure avancée, quand il n'y avait plus dehors que les chauves-souris et les hiboux, ils gravirent la colline boisée de l'Alhambra et s'approchèrent de la terrible tour, abritée sous les arbres et rendue formidable par tant de récits légendaires. A la lueur d'une lanterne, ils se frayèrent un chemin à travers les broussailles, bronchant sur les pierres tombées, se heurtant aux ronces, et arrivèrent enfin devant une porte. La mort dans l'âme, ils descendirent plusieurs marches d'un escalier creusé dans le roc. Cet escalier conduisait à une chambre vide, humide et sinistre, d'où partait une autre série de degrés menant à une voûte plus profonde. Ils descendirent ainsi quatre escaliers successifs, donnant accès à autant de voûtes de plus en plus basses. Sous la quatrième, on marchait de plain-pied. La tradition rapportait, à vrai dire, qu'il y avait encore trois souterrains au-dessous ; mais il était, disait-on, impossible d'y pénétrer parce qu'ils étaient enchantés. L'atmosphère de cette dernière voûte était humide et glacée, et les émanations y étaient si denses, que la lumière y projetait à peine quelques faibles rayons. Ils s'arrêtèrent quelque temps pour reprendre haleine, jusqu'à ce qu'ils eussent entendu, à l'horloge de la tour, sonner minuit. Alors ils allumèrent la chandelle de cire, qui répandait en brûlant une odeur de myrrhe, d'encens et de styrax.

Le More se mit ensuite à lire d'une voix rapide. Il avait à peine fini qu'on entendit un bruit de tonnerre souterrain. La terre s'ébranla, le sol s'ouvrit violemment et mit à découvert un escalier. Tremblants d'effroi, ils descendirent, à la lueur de la lanterne, et se trouvèrent bientôt dans une autre voûte, couverte d'inscriptions arabes. Au centre se voyait un grand coffre, fermé par sept bandes d'acier; à chaque bout du coffre était assis un More enchanté, revêtu de son armure, mais immobile comme une statue et soumis au pouvoir de l'enchanteur. Devant le coffre se trouvaient plusieurs cruches remplies d'or, d'argent et de pierres précieuses. Ils y enfoncèrent tous deux leurs bras jusqu'au coude et en retirèrent à chaque fois des poignées de grandes pièces jaunes de monnaie d'or moresque, des bracelets et des ornements du même métal, des colliers de perles d'Orient s'enroulant sur leurs doigts. Ils en remplirent leurs poches, non sans trembler, non sans jeter un coup d'œil craintif sur les Mores enchantés, qui, sombres et immobiles, les fixaient du regard sans cligner les yeux.

A la fin, saisis de panique, comme ils s'imaginaient entendre quelque bruit, ils s'élancèrent tous deux en même temps vers l'escalier, tombèrent l'un par-dessus l'autre, gagnèrent la pièce au-dessus, et là, épuisés de fatigue, hors d'haleine, éteignirent la chandelle de cire. Au même instant, les dalles qui couvraient le sol se refermèrent avec le fracas du tonnerre.

Muets de terreur, ils n'osèrent s'arrêter que lorsqu'ils furent sortis de la tour et virent briller les étoiles à travers le feuillage des arbres. Alors ils s'assirent sur l'herbe et firent deux parts égales de leur butin. Cependant, ils étaient bien décidés à ne pas se borner à écumer les cruches, mais à y revenir la nuit d'après et à les vider jusqu'au fond. Pour être sûrs de leur bonne foi réciproque, ils se partagèrent aussi les talismans, l'un gardant le rouleau, l'autre la chandelle. Cela fait, ils s'en retournèrent à Grenade, le cœur léger et les poches bien garnies.

Comme ils dévalaient de la colline, le More, aussi rusé que prudent, glissa une parole de bon conseil dans l'oreille du naïf petit porteur d'eau.

— Ami Pérégil, tout ceci doit rester profondément secret jusqu'à ce que nous nous soyons emparés de tout le trésor et l'ayons déposé en lieu sûr. S'il en arrivait rien qu'une syllabe aux oreilles de l'alcade, nous serions perdus.

— Assurément, répliqua le Gallégo, rien n'est plus vrai.

— Ami Pérégil, reprit le More, vous êtes un homme discret, et je suis absolument sûr que vous pouvez garder un secret ; mais vous avez une femme.

— Elle n'en saura pas un mot, répondit le petit porteur d'eau résolument.

— Soit, dit le More, je compte sur votre discrétion et sur votre promesse.

Et, de fait, il ne pouvait y avoir de promesse plus positive et plus sincère. Mais, hélas ! quel est l'homme qui peut cacher un secret à sa femme ? Sans aucun doute, ce n'était pas Pérégil le Gallégo, qui était le mari le plus aimant et le plus accommodant. En rentrant chez lui, il trouva sa femme qui boudait dans un coin.

— Voilà qui va bien, dit-elle en l'apercevant, tu te décides à la fin à rentrer. S'il est permis de rôder ainsi en pleine nuit ! Je m'étonne de ne pas te voir nous ramener un autre More.

Puis, fondant en larmes, elle se tordit les mains et se frappa la poitrine.

— Pauvre femme que je suis ! s'exclama-t-elle, que vais-je devenir ! Ma maison pillée par les hommes de loi et par les alguazils ; mon mari, un propre à rien qui n'apporte plus de pain chez lui pour sa famille et va flâner nuit et jour avec des Mores infidèles. O mes enfants ! mes enfants ! quel sort vous attend ! nous serions bientôt réduits à mendier dans les rues.

Le brave Pérégil était tellement touché de la désolation de sa femme qu'il ne put s'empêcher d'éclater lui-même en sanglots. Il avait le cœur aussi plein que la poche et il ne pouvait se maîtriser. A la fin, il plongea la main dans cette dernière et il en tira trois ou quatre grandes pièces d'or qu'il glissa dans le corsage de sa femme. Celle-ci resta abasourdie, ne comprenant rien à cette pluie d'or. Mais avant qu'elle fût revenue de sa surprise, le petit Gallégo avait fait briller à ses yeux une chaine d'or qu'il balança au-dessus de sa tête, en bondissant de joie, et en ouvrant la bouche d'une oreille à l'autre.

— Sainte Vierge, protégez-moi ! s'exclama la femme. Qu'as-tu fait, Pérégil ? J'espère bien que tu n'as pas commis un vol et un assassinat ?

Le soupçon était à peine entré dans la cervelle de la pauvre femme qu'il devint pour elle une certitude. Elle vit la prison et la potence à l'horizon, et un petit Gallégo bancal se balançant au gibet. Accablée sous les horreurs évoquées dans son imagination, elle eut une violente attaque de nerfs.

Que restait-il à faire au pauvre homme ? Pour calmer sa femme et chasser les visions qui la hantaient, il n'avait pas d'autre moyen que de lui raconter toute l'histoire de sa bonne fortune. Il ne le fit toutefois qu'après lui avoir fait faire le serment solennel de ne confier à personne son secret.

Il serait impossible de dépeindre la joie de la femme du Gallégo. Elle jeta ses deux bras au cou de son mari et l'étrangla presque dans son transport.

— Eh bien ! femme, fit le petit homme en laissant déborder son contentement, que dis-tu maintenant de l'héritage du More ? Désormais tu ne m'en voudras plus d'avoir prêté secours à un de mes semblables en péril.

Le brave Gallégo regagna sa peau de mouton et sa natte, et dormit d'un sommeil aussi profond que s'il avait eu un lit de duvet. Mais il n'en fut pas de même de sa femme. Elle vida tout le contenu des poches de son mari sur la natte et passa toute la nuit à compter et à recompter les pièces d'or arabes, à essayer les colliers et les boucles d'oreilles, à se représenter le rôle qu'elle allait jouer dans le monde, lorsqu'il lui serait permis de jouir de ses richesses.

Le lendemain matin, le brave Pérégil prit une grande pièce d'or qu'il porta à la boutique d'un bijoutier du Zacatin. Il lui proposa de l'acheter, disant qu'il l'avait trouvée dans les ruines de l'Alhambra. Le bijoutier vit que la pièce portait une inscription arabe et qu'elle était du meilleur aloi. Il n'en offrit toutefois que le tiers de la valeur, et le porteur d'eau se montra satisfait du marché. Pérégil acheta aussi des habits neufs pour son petit troupeau, et toutes sortes de jouets, avec d'amples et excellentes provisions de bouche, puis il revint à la maison, fit danser les enfants autour de lui, sauta lui-même comme un cabri, en répétant qu'il était le plus heureux des pères.

La femme du porteur d'eau tint sa promesse et garda le secret avec une fidélité surprenante. Pendant un jour et demi, on la vit aller et venir avec des airs de mystère, le cœur gonflé à éclater, mais se contenant quand même, bien qu'elle fût entourée de commères. Il est vrai qu'elle ne put s'empêcher de faire quelques minauderies, en s'excusant de se montrer en haillons, et en ajoutant qu'elle allait se faire faire une basquine neuve toute garnie de dentelles d'or et de jais, avec une mantille neuve en dentelles. Elle laissa glisser quelques mots sur l'intention qu'avait son mari de quitter son métier de porteur d'eau, qui ne valait rien pour sa santé. Au fait, elle pensait se retirer à la campagne tout l'été, afin de laisser les enfants profiter du bon air de la montagne en cette saison où dans la ville il n'y a âme qui vive.

Les voisins se regardaient les uns les autres avec de grands yeux. Ils crurent que la pauvre femme avait perdu la raison. Son allure, ses airs, ses projets de luxe étaient l'objet de tous les commentaires, et c'était à qui de ses amis en ferait des gorges chaudes dès qu'elle eut le dos tourné.

Cependant, si elle s'était retenue au dehors, elle se rattrapa une fois rentrée chez elle. Aussitôt elle s'attacha au cou un magnifique collier de perles d'Orient, aux bras des bracelets moresques, sur la tête une aigrette en diamants. Elle faisait les cent pas dans sa chambre, se drapant fièrement dans ses vêtements crasseux et déguenillés, et s'arrêtant de temps à autre pour se mirer dans un bout de glace cassée. Enfin, cédant à un mouvement de naïve vanité, elle ne put résister au désir de se montrer un instant à la fenêtre pour jouir de l'effet produit sur les passants par ses bijoux.

Comme si la fatalité s'en fût mêlée, le barbier indiscret, Pédrillo Pedrugo, était en ce moment assis dans sa boutique. Son regard toujours vigilant saisit les feux des diamants. En un clin d'œil il fut à sa lucarne pour épier la moitié d'ordinaire dépenaillée du porteur d'eau, qui se promenait maintenant chez elle aussi splendidement parée qu'une beauté orientale. Il n'eut pas plus tôt fait un inventaire exact de ses ornements qu'il courut à toutes jambes chez l'alcade. Quelques instants après, l'alguazil famélique était de nouveau en quête, et avant la fin du jour, l'infortuné Pérégil se voyait derechef trainer devant le juge.

— Qu'est-ce à dire, coquin ? s'écria le-

magistrat d'une voix furieuse. Tu m'avais affirmé que l'infidèle qui est mort chez toi n'avait laissé qu'une boite vide, et voilà que j'apprends que ta femme se carre et se pavane en haillons, couverte de perles et de diamants des pieds à la tête. Misérable que tu es ! prépare-toi à rendre gorge, à me remettre les dépouilles de ta malheureuse victime et à te balancer au gibet qui se lasse de t'attendre !

Le porteur d'eau terrifié tomba à genoux et fit le récit complet de la manière merveilleuse dont il avait acquis son trésor. L'alcade, l'alguazil et le barbier curieux écoutaient avidement ce conte arabe du trésor enchanté. L'alguazil fut dépêché pour amener le More qui avait assisté à l'incantation. Le musulman entra à moitié affolé de se trouver dans les griffes des harpies de la loi. Lorsqu'il vit le porteur d'eau l'oreille basse, l'air penaud et décontenancé, il comprit d'un seul coup toute l'affaire.

— Misérable animal, dit-il en passant à côté de lui, ne t'avais-je pas mis en garde contre ta femme ?

La version du More coïncidait exactement avec celle de son compère ; mais l'alcade affecta de se montrer rebelle à en accepter l'authenticité, et se répandit en menaces d'emprisonnement et de sévères recherches.

— Doucement, mon bon señor alcade, dit le musulman, qui avait eu le temps de recouvrer sa présence d'esprit et son astuce ordinaire ; ne gâtons pas les faveurs de la fortune en nous les disputant. Personne, hormis nous, ne sait rien de tout ceci. Gardons-en le secret. Il y a dans le souterrain assez de richesses pour nous tous. Promettez-nous d'en faire l'honnête partage, et nous vous en mettrons en possession avec nous ; refusez, et le souterrain restera fermé à jamais.

L'alcade délibéra, en aparté, avec l'alguazil. Celui-ci était un vieux renard.

— Promettez tout ce qu'ils veulent, dit-il, en attendant que vous ayez le trésor sous la main. Il vous sera facile alors de saisir le tout, et si le More et son complice osent murmurer, menacez-les du bûcher comme infidèles et sorciers.

L'alcade goûta l'avis. Son front se rasséréna, et se tournant vers le More :

— C'est une histoire étrange, fit-il. Je ne dis pas qu'elle n'est pas vraie, mais je veux en avoir la preuve de mes yeux. La nuit prochaine, tu répéteras ton incantation en ma présence. S'il y a vraiment un trésor, nous le partagerons entre nous en amis, et il n'en sera plus question ; si, au contraire, vous m'avez trompé, n'espérez aucune merci de ma part. En attendant, vous restez, l'un et l'autre, mes prisonniers.

Le More et le porteur d'eau acceptèrent avec joie ces conditions, car ils étaient sûrs que l'événement prouverait la vérité de leurs paroles.

Vers minuit, l'alcade sortit secrètement, escorté de l'alguazil et du barbier factotum, tous trois armés jusqu'aux dents. Ils conduisirent le More et le porteur d'eau en les faisant marcher comme des captifs. Ils avaient avec eux l'âne du Gallégo pour porter le trésor attendu. Ils arrivèrent à la tour sans que personne les eût remarqués, et ils attachèrent le baudet à un figuier ;

puis ils descendirent jusqu'au quatrième souterrain de la tour.

Là, on déroula le parchemin, on alluma la chandelle de cire jaune, et le More lut la formule d'incantation. La terre trembla comme la première fois : les dalles s'ouvrirent avec le fracas du tonnerre, et laissèrent voir un escalier étroit. L'alcade, l'alguazil et le barbier étaient pétrifiés de stupeur et n'avaient pas le courage de descendre. Le More et le porteur d'eau entrèrent dans le souterrain ouvert à leurs pieds et virent les Mores assis comme auparavant en silence et immobiles. Ils emportèrent deux des grandes cruches remplies de monnaie d'or et de pierres précieuses. Le porteur d'eau les porta l'une après l'autre sur ses épaules; mais quoiqu'il eût le dos et les reins solides et fût accoutumé aux fardeaux, il fléchissait sous leur poids, et quand il les eut attachés de chaque côté de l'âne, il trouva que la bête en avait toute sa charge.

— Contentons-nous de ceci, dit le More, nous avons là tout ce que nous pouvons emporter de richesses sans être vu et sans éveiller les soupçons ; et il y en a certes assez pour nous enrichir autant que nous pouvons le souhaiter.

— Il y a donc d'autres trésors dans le souterrain ? demanda l'alcade.

— Il y a le plus grand de tous, dit le More, un coffre immense garni de bandes d'acier et remplie de perles et de pierres précieuses.

— Je veux ce coffre à tout prix, s'écria l'avide alcade.

— Moi, je ne descends plus à aucun prix, dit le More résolument ; je me contente de ma part, elle suffit à un homme raisonnable; le reste n'est plus que du superflu.

— Et moi, dit le porteur d'eau, je ne monterai plus rien ; je ne veux pas écraser mon pauvre baudet.

Ordres, menaces, prières, tout fut inutile. Alors l'alcade s'adressa à ses deux acolytes.

— Aidez-moi, dit-il, à porter ce coffre, et nous partagerons son contenu entre nous trois.

En disant ces paroles, il descendit les marches, suivi de l'alguazil et du barbier, hésitants et tremblants.

Le More ne les vit pas plus tôt dans le souterrain qu'il éteignit la chandelle jaune, les dalles se refermèrent avec leur fracas accoutumé et les trois personnages restèrent ensevelis dessous.

Alors le musulman gravit les marches

de l'escalier et ne s'arrêta que lorsqu'il fut sous le ciel bleu. Le petit porteur d'eau le suivait d'aussi près que le lui permettaient ses petites jambes.

— Qu'as-tu fait ? s'écria Pérégil, dès qu'il put reprendre haleine. L'alcade et les deux autres sont enfermés dans le souterrain.

— Allah le veut ! dit le More dévotement.

— Et n'iras-tu point les délivrer ? demanda le Gallégo.

— Allah le défend ! répliqua le More en caressant sa barbe. Il est écrit dans le livre du destin qu'ils resteront enchantés jusqu'à ce que quelque futur aventurier vienne rompre le charme. Que la volonté d'Allah soit faite !

Il dit et lança le bout de chandelle dans les buissons de la vallée.

Il n'y avait plus de remède. Le More et le porteur d'eau se mirent en marche vers la ville avec l'âne chargé de trésors. Le bon Pérégil ne put s'empêcher de combler de caresses et de baisers son compagnon de labeur aux longues oreilles, qui lui était rendu et échappait comme lui aux griffes de la justice. Il eût été difficile de dire si le naïf petit bonhomme était plus heureux d'avoir le trésor ou de rentrer en possession de son aliboron.

Les deux camarades de bonne fortune partagèrent loyalement leur butin. Seulement le More, qui avait peu de goût sur les gros objets, s'arrangea de manière à avoir dans son tas le plus de perles et de pierres précieuses, en laissant le porteur d'eau prendre de magnifiques bijoux d'or qui pesaient quatre et cinq fois plus. Et le brave petit Pérégil était ravi de ce mode d'arrangement. Ils eurent bien soin, cette fois, de se garer des curieux et des alcades, et s'empressèrent d'emporter leurs richesses à l'étranger. Le More retourna en Afrique dans sa ville natale de Tanger, et le Gallégo avec sa femme, ses enfants et son âne, prit la route du Portugal. Là, grâce aux conseils de sa femme, il devint un personnage important, car elle apprit au petit homme à porter comme il faut un pourpoint et des hauts-de-chausse, une plume au chapeau, une épée au côté, et lui fit quitter son nom vulgaire de Pérégil pour prendre le titre plus sonore de don Pedro Gil. Leurs enfants menèrent une vie prospère et joyeuse, mais restèrent petits et bancals ; quant à la señora Gil, couverte de dentelles, de rubans, de broderies de la tête aux pieds, les doigts chargés de bagues étincelantes, elle donna le ton, elle fut l'arbitre de la mode, de la parure, du gaspillage et du faux goût.

De l'alcade et de ses acolytes il n'en a plus été question. Ils restèrent ensevelis sous la grande tour des sept souterrains et ils y sont très probablement encore. Partout où il y aura en Espagne disette de barbiers curieux, d'alguazils escrocs, d'alcades corrompus, on se mettra peut-être en quête d'eux ; mais s'ils doivent attendre jusque-là pour leur délivrance, ils courent grand risque de voir se prolonger leur ensorcellement jusqu'au jugement dernier.

TABLE DES GRAVURES

Poitiers. — Typ. Oudin et Cie.

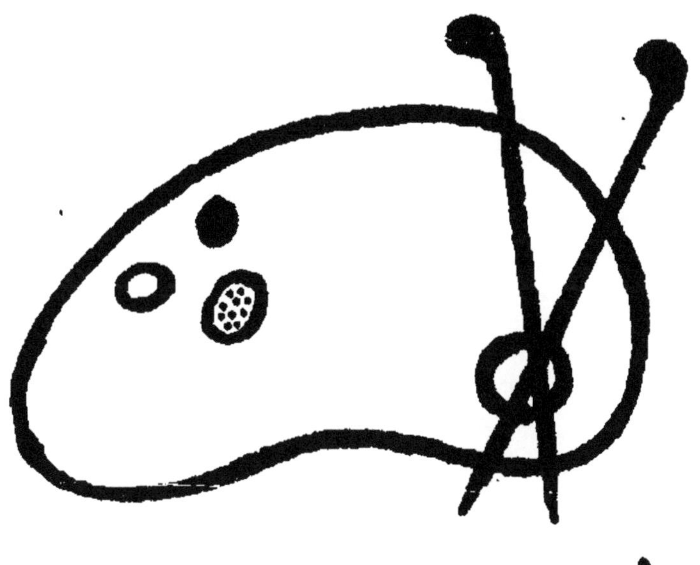

Original en couleur

NF Z 43-120-8

www.ingramcontent.com/pod-product-compliance
Ingram Content Group UK Ltd.
Pitfield, Milton Keynes, MK11 3LW, UK
UKHW012250240726
13966UKWH00004B/1369

9 782013 584746